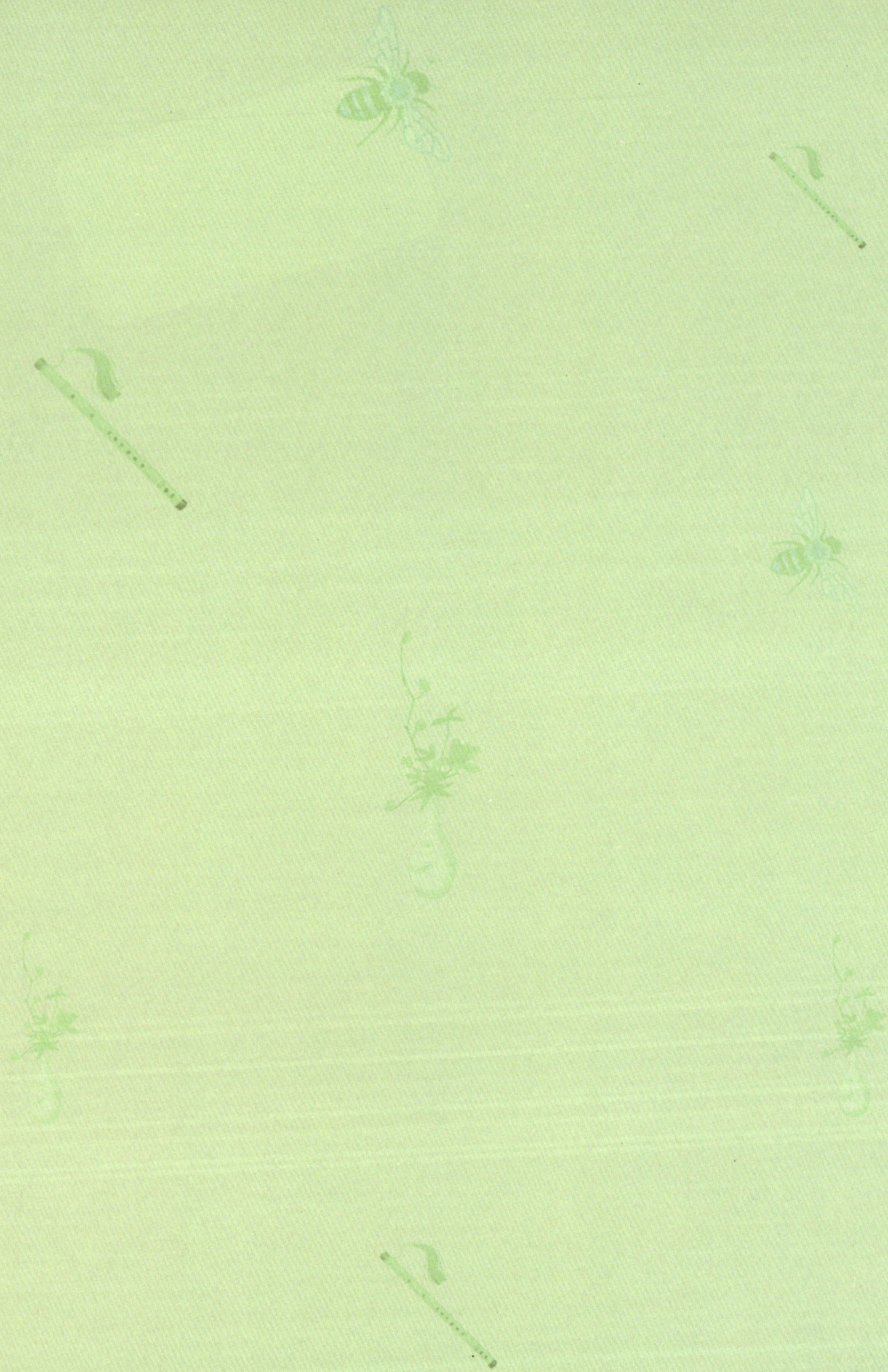

语文教材选篇作家作品
深度阅读系列

国际儿童读物联盟（IBBY）原主席
张明舟 / 主编

许 / 地 / 山 / 抒 / 情 / 散 / 文

落花生

许地山 著

语文教材
选篇作家
许地山

浙江教育出版社 · 杭州

主编的话

阅读是有力量的

阅读是有力量的，特别是课外阅读。这一点我有切身体会。44年前，我还是黑龙江省一个偏远小山村里的一名9岁学童。一个偶然的机会，我用捡拾垃圾换来的2角8分钱，买到了一本故事书——《小种子旅行记》。这本书讲述了一粒小种子立志到地角天边旅行的故事。书中描绘的大好河山和扣人心弦的故事情节深深地吸引了我，正是从这本书开始，我对阅读产生了浓厚的兴趣。由于条件所限，除了经常要到学期结束才能拿到手的语文课本，那时候我能找到的书很少很少。于是我尝试着阅读糊在泥墙上的旧报纸，不懂的地方就问爸爸、哥哥，因此认识了不少字，也了解了小山村外的许多新鲜事物。我对走出小山村，到地角天边去看看的愿望越来越强烈，学习的动力也越来越足。后来，哥哥给我买了《成语词典》等书籍，我被先贤们的外交智慧所折服，悄悄萌生了长大后做外交官的梦想。后来我才意识到，大量的阅读已经使我拥有了强大的自学能力，我越来越发现课外阅读是对课内学习的重要补充，甚至很大程度上弥补了乡村学校教学条件和教师教学水平的不足。一直在小山村读书，缺乏自信心的我，竟然以全县第一名的成绩考入高中，后来又以优异的成绩考入上海外国语大学，毕业后被外交部录用，成了一名职业外交官。2002年开始，我积极参与国际儿童读物联盟（IBBY）工作，支持该国际组织在世界各地的公益项目，并推动其与其他国际组织建立合作关系。2018年，我当选该国际组织主席，成为改革开放以来为数不多的在国际组织担任最高领导人的中国人。在与各国同行交流的过程中，我发现很多人都是因为少年儿童时期的阅读，而养成了良好的阅读和学习习惯并受益终身。

优秀的儿童读物应是既有趣又有营养的。有效率的阅读，更应该是精读和泛读的结合。统编语文教材在知识点的准确性上，特别是在语言和文学两方面综合评估上，对每一篇入选文章都进行了反复考证，体现了编写团队的专业水平和集体智慧。这套“语文教材选篇作家作品深度阅读系列”的每一位作者，都是统编语文教材的选篇作家。翻开孩子们每天相伴的语文课本，就能找到他们的名字。这些作家的作品，囊括了小说、散文、童话、诗歌、科普文章等各种文学体裁。

入选教材的作品都是精品中的精品，然而受课本容量所限，有些文章在收入教材时，篇幅不得不做了删减，在这套书里读者可以找到原作全文；有些课文，其实是系列作品的局部，在这套书里可以找到它的上下文和前后故事；还有些课文，作者著有多篇同体裁、同类型的作品，可以作为课外拓展阅读。学生通过对语文课文的精读，和对语文教材选篇作家系列作品的泛读——对照阅读、大量阅读，既可以更深入地理解课文内容，又可以感受其作品的独特魅力，培养更加敏锐的感受力和表达能力。

当然，除了学生自主阅读，这套书还可以和语文课堂教学配合使用。教师在讲解某一篇课文时，这套书可以作为“资料库”，丰富和拓展课堂教学内容。

让孩子们在课堂上和学习之余，在合适的时间与合适的图书相遇，引导他们从阅读中收获无穷乐趣、吸收无限养分，学会阅读，爱上阅读，成为终身的阅读者和学习者，是这套“语文教材选篇作家作品深度阅读系列”的出版目的，也是出版社和数十位教材选篇作家的共同心愿。

张明舟

2021年11月30日于北京

目录

心有事（开卷的歌声）

心有事，无计问天。
心事郁在胸中，教我怎能安眠？
我独对着空山，眉更不展；
我魂飘荡，犹如出岫残烟。
想起前事，我泪就如珠脱串。
独有空山为我下雨涟涟。
我泪珠如急雨，急雨犹如水晶箭；
箭折，珠沉，融作山溪泉。
做人总有多少哀和怨；
积怨成泪，泪又成川！

今日泪、雨交汇入海，海涨就要沉没赤县；
累得那只抱恨的精卫拼命去填。
呀，精卫！你这样做，虽经万劫也不能遂愿。
不如咒海成冰，使他像铁一样坚。
那时节，我要和你相依恋，
各人才对立着，沉默无言。

蝉

急雨之后，蝉翼湿得不能再飞了。那可怜的小虫在地面慢慢地爬，好容易爬到不老的松根上头。松针穿不牢的雨珠从千丈高处脱下来，正滴在蝉翼上。蝉嘶了一声，又从树的露根摔到地上了。

雨珠，你和他开玩笑么？你看，蚂蚁来了！野鸟也快要看见他了！

香

妻子说："良人，你不是爱闻香么？我曾托人到鹿港去买上好的沉香线；现在已经寄到了。"她说着，便抽出妆台的抽屉，取了一条沉香线，燃着，再插在小宣炉中。

我说："在香烟绕缭之中，得有清谈。给我说一个生番故事罢。不然，就给我谈佛。"

妻子说："生番故事，太野了。佛更不必说，我也不会说。"

"你就随便说些你所知道的罢。横竖我们都不大懂得；你且说，什么是佛法罢。"

"佛法么？——色，——声，——香，——味，——触，

——造作，——思维，都是佛法；惟有爱闻香的爱不是佛法。”

“你又矛盾了！这是什么因明？”

“不明白么？因为你一爱，便成为你的嗜好；那香在你闻觉中，便不是本然的香了。”

愿

南普陀寺里的大石，雨后稍微觉得干净，不过绿苔多长一些。天涯的淡霞好像给我们一个天晴的信。树林里的虹气，被阳光分成七色。树上，雄虫求雌的声，凄凉得使人不忍听下去。妻子坐在石上，见我来，就问："你从那里来？我等你许久了。"

"我领着孩子们到海边捡贝壳咧。阿琼捡着一个破贝，虽不完全，里面却像藏着珠子的样子。等他来到，我教他拿出来给你看一看。

"在这树荫底下坐着，真舒服呀！我们天天到这里来，多么好呢！"

妻说："你那里能够……？"

"为什么不能？"

"你应当作荫，不应当受荫。"

"你愿我作这样的荫么？"

"这样的荫算什么！我愿你作无边宝华盖，能普荫一切世间诸有情。愿你为如意净明珠，能普照一切世间诸有情。愿你为降魔金刚杵，能破坏一切世间诸障碍。愿你为多宝盂兰盆，能盛百味，滋养一切世间诸饥渴者。愿你有六手，十二手，百手，千万手，无量数那由他如意手，能成全一切世间等等美善事。"

我说："极善，极妙！但我愿做调味的精盐，渗入等等食品中，把自己的形骸融散，且回复当时在海里的面目，使一切有情得尝咸味，而不见盐体。"

妻子说："只有调味，就能使一切有情都满足吗？"

我说："盐的功用，若只在调味，那就不配称为盐了。"

山响

群峰彼此谈得呼呼地响。他们的话语，给我猜着了。

这一峰说：“我们的衣服旧了，该换一换啦。”

那一峰说：“且慢罢，你看，我这衣服好容易从灰白色变成青绿色，又从青绿色变成珊瑚色和黄金色，——质虽是旧的，可是形色还不旧。我们多穿一会罢。”

正在商量的时候，他们身上穿的，都出声哀求说：“饶了我们，让我歇歇罢。我们的形态都变尽了。再不能为你们争体面了。”

“去罢，去罢，不穿你们也算不得什么。横竖不久我们又有新的穿。”群峰都出着气这样说。说完之后，那红的、黄的彩衣就陆续褪下来。

我们都是天衣，那不可思议的灵，不晓得甚时要把我们穿着得非常破烂，才把我们收入天橱。愿他多用一点气力，及时用我们，使我们得以早早休息。

愚妇人

从深山伸出一条蜿蜒的路，窄而且崎岖。一个樵夫在那里走着，一面唱：

仓鹒，仓鹒，来年莫再鸣！
仓鹒一鸣草又生。
草木青青不过一百数十日。
到头来，又是樵夫担上薪。

仓鹒，仓鹒，来年莫再鸣！
仓鹒一鸣虫又生。

百虫生来不过一百数十日。
到头来，又要纷纷扑红灯。
仓鹒，仓鹒，来年莫再鸣！
……

他唱时，软和的晚烟已随他的脚步把那小路封起来了，他还要往下唱，猛然看见一个健壮的老妇人坐在溪涧边，对着流水哭泣。

“你是谁？有什么难过的事？说出来，也许我能帮助你。”

“我么？唉我……！不必问了。”

樵夫心里以为她一定是个要寻短见的人，急急把担卸下，进前几步，想法子安慰她。他说：“妇人，你有什么难处，请说给我听，或者我能帮助你。天色不早了，独自一人在山中是很危险的。”

妇人说：“我从来就不知道什么叫做难过。自从我父母死后，我就住在这树林里。我的亲戚和同伴都叫我做石女。”她说到这里，眼泪就融下来了。往下她的话语就支离得怪难明白。过一会，她才慢慢说：“我……我到这两天才知道石女的意思。”

“知道自己名字的意思，更应当喜欢，为何倒反悲伤起来?”

“我每年看见树林里的果木开花，结实；把种子种在地里，又生出新果木来。我看见我的亲戚，同伴们不上二年就有一个孩子抱在她们怀里。我想我也要像这样——不上二年就可以抱一个孩子在怀里。我心里这样说，这样盼望，到如今，六十年了！我不明白，才打听一下。呀，这一打听，叫我多么难过！我没有抱孩子的希望了，……然而，我就不能像果木，比不上果木么?”

“哈，哈，哈!”樵夫大笑了。他说：“这正是你的幸运哪！抱孩子的人，比你难过得多，你为何不往下再向她们打听一下呢？我告诉你，不曾怀过胎的妇人是有福的。”

一个路傍素不相识的人所说的话，那里能够把六十年的希望——迷梦——立时揭破呢？到现在，她的哭声，在樵夫耳边，还可以约略地听见。

蜜蜂和农人

雨刚晴，蝶儿没有蓑衣，不敢造次出来，可是瓜棚的四围，已满唱了蜜蜂的工夫诗：

彷彷，徨徨！徨徨，彷彷！
生就是这样，徨徨，彷彷！
趁机会把蜜酿。
大家帮帮忙；
别误了好时光。
彷彷，徨徨！徨徨，彷彷！

蜂虽然这样唱，那底下坐着三四个农夫却各人担着烟管在那里闲谈。

人的寿命比蜜蜂长，不必像他们那么忙么？未必如此。不过农夫们不懂他们的歌就是了。但农夫们工作时，也会唱的。他们唱的是：

村中鸡一鸣，
阳光便上升。
太阳上升好插秧。
禾秧要水养，
各人还为踏车忙。
东家莫截西家水；
西家不借东家粮。
各人只为各人忙——
“各人自扫门前雪，
不管他人瓦上霜。”

“小俄罗斯”的兵

短篱里头，一棵荔枝，结实累累。那朱红的果实，被深绿的叶子托住，更是美观；主人舍不得摘他们，也许是为这个缘故。

三两个漫游武人走来，相对说：“这棵红了，熟了，就在这里摘一点罢。”他们嫌从正门进去麻烦，就把篱笆拆开，大摇大摆地进前。一个上树，三个在底下接；一面摘，一面尝，真高兴呀！

屋里跑出一个老妇人来，哀声求他们说：“大爷们，我这棵荔枝还没有熟哩；请别作践他，等熟了，再送些给大爷们尝尝。”

树上的人说："胡说，你不见果子已经红了么？怎么我们吃就是作践你的东西？"

"唉，我一年的生计，都看着这棵树。罢了，罢……"

"你还敢出声么？打死你算得什么；待一会，看把你这棵不中吃的树砍来做柴火烧，看你怎样。有能干，可以叫你们的人到广东吃去。我们那里也有好荔枝。"

唉，这也是战胜者，强者的权利么？

爱的痛苦

在绿荫月影底下，朗日和风之中，或急雨飘雪的时候，牛先生必要说他的真言，“啊，拉夫斯偏！”他在三百六十日中，少有不说这话的时候。

暮雨要来，带着愁容的云片，急急飞避；不识不知的蜻蜓还在庭园间遨游着。爱诵真言的牛先生闷坐在屋里，从西窗望见隔院的女友田和正抱着小弟弟玩。

姊姊把孩子的手臂咬得吃紧；擘他的两颊；摇他的身体；又掌他的小腿。孩子急得哭了。姊姊才忙忙地拥抱住他，推着笑说：“乖乖，乖乖，好孩子，好弟弟，不要哭。

我疼爱你，我疼爱你！不要哭。”不一会孩子的哭声果然停了。可是弟弟刚现出笑容，姊姊又该咬他、擘他、摇他、掌他咧。

檐前的雨好像珠帘，把牛先生眼中的对象隔住。但方才那种印象，却萦回在他眼中。他把窗户关上，自己一人在屋里蹀来踱去。最后，他点点头，笑了一声：“哈，哈！这也是拉夫斯偏！”

他走近书桌子，坐下，提起笔来，像要写什么似的。想了半天，才写上一句七言诗。他念了几遍，就摇头，自己说：“不好，不好。我不会做诗，还是随便记些起来好。”

牛先生将那句诗涂掉以后，就把他的日记拿出来写。那天他要记的事情格外多，日记里应用的空格，他在午饭后，早已填满了。他裁了一张纸，写着：

“黄昏，大雨。田在西院弄她的弟弟，动起我一个感想，就是：人都喜欢见他们所爱者的愁苦；要想方法教所爱者难受。所爱者越难受，爱者越喜欢，越加爱。

“一切被爱的男子，在他们的女人当中，直如小弟弟在田的膝上一样。他们也是被爱者玩弄的。

“女人的爱最难给，最容易收回去。当她把爱收回去的时候，未必不是一种游戏的冲动；可是苦了别人哪。

“唉，爱玩弄人的女人，你何苦来这一下！愚男子，你的苦恼，又活该呢？”

牛先生写完，复看一遍，又把后面那几句涂去，说：“写得太过了，太过了！”他把那张纸付贴在日记上，正要起身，老妈子把哭着的孩子抱出来，一面说：“姊姊不好，爱欺负人。不要哭，咱们找牛先生去。”

“姊姊打我！”这是孩子所能对牛先生说的话。

牛先生装作可怜的声音，忧郁的容貌，回答说：“是么？姊姊打你么？来，我看看打到那步田地？”

孩子受他的抚慰，也就忘了痛苦，安静过来了。现在吵闹的，只剩下外间急雨的声音。

信仰的哀伤

在更阑人静的时候，伦文就要到池边对他心里所立的乐神请求说：“我怎能得着天才呢？我的天才缺乏了，我要表现的，也不能尽地表现了！天才可以像油那样，日日添注入我这盏小灯么？若是能，求你为我，注入些少。”

“我已经为你注入了。”

伦先生听见这句话，便放心回到自己的屋里。他舍不得睡，提起乐器来，一口气就制成一曲。自己奏了又奏，觉得满意，才含着笑，到卧室去。

第二天早晨，他还没有盥漱，便又把昨晚上的作品奏过几遍；随即封好，教人邮到歌剧场去。

他的作品一发表出来，许多批评随着在报上登载八九天。那些批评都很恭维他；说他是这一派，那一派。可是他又苦起来了！

在深夜的时候，他又到池边去，垂头丧气地对着池水，从口中发出颤声说："我所用的音节，不能达我的意思么？呀，我的天才丢失了！再给我注入一点罢。"

"我已经为你注入了。"

他屡次求，心中只听得这句回答。每一作品发表出来，所得的批评，每每使他忧郁不乐。最后，他把乐器摔碎了，说：“我信我的天才丢了，我不再作曲子了。唉，我所依赖的，枉费你眷顾我了。”

自此以后，社会上再不能享受他的作品；他也不晓得往那里去了。

暗途

“我的朋友，且等一等，待我为你点着灯，才走。”

吾威听见他的朋友这样说，便笑道：“哈哈，均哥，你以我为女人么？女人在夜间走路才要用火；男子，又何必呢？不用张罗，我空手回去罢，——省得以后还要给你送灯回来。”

吾威的村庄和均哥所住的地方隔着几重山，路途崎岖得很厉害。若是夜间要走那条路，无论是谁，都得带灯。所以均哥一定不让他暗中摸索回去。

均哥说：“你还是带灯好。这样的天气，又没有一点月影，在山中，难保没有危险。”

吾威说：“若想起危险，我就回去不成了。……”

“那么，你今晚上就住在我这里，如何？”

“不，我总得回去，因为我的父亲和妻子都在那边等着我呢。”

“你这个人，太过执拗了。没有灯，怎么去呢？”均哥一面说，一面把点着的灯切切地递给他；他仍是坚辞不受。

他说：“若是你定要叫我带着灯走，那教我更不敢走。”

“怎么呢？”

“满山都没有光，若是我提着灯走，也不过是照得三两步远；且要累得满山的昆虫都不安。若凑巧遇见长蛇也冲着火光走来，可又怎办呢？再说，这一点的光可以把那照不着的地方越显得危险，越能使我害怕。在半途中，灯一熄灭，那就更不好办了。不如我空着手走，初时虽觉得有些妨碍，不多一会，什么都可以在幽暗中辨别一点。”

他说完，就出门。均哥还把灯提在手里，眼看着他向密林中那条小路穿进去，才摇摇头说：“天下竟有这样怪人！”

吾威在暗途中走着，耳边虽常听见飞虫、野兽的声音，然而他一点害怕也没有。在蔓草中，时常飞些萤火出来，光虽不大，可也够了。他自己说：“这是均哥想不到，也是他所不能为我点的灯。”

那晚上他没有跌倒；也没有遇见毒虫野兽；安然地到他家里。

你为什么不来

在夭桃开透，浓阴欲成的时候，谁不想伴着他心爱的人出去游逛游逛呢？在密云不飞，急雨如注的时候，谁不愿在深闺中等她心爱的人前来细谈呢？

她闷坐在一张睡椅上，紊乱的心思像窗外的雨点——东抛，西织，来回无定。在有意无意之间，又顺手拿起一把九连环慵懒懒地解着。

丫头进来说："小姐，茶点都预备好了。"

她手里还是慵懒懒地解着，口里却发出似答非答的声："——他为什么还不来？"

除窗外的雨声，和她手中轻微的银环声以外，屋里可算静极了！在这幽静的屋里，忽然从窗外伴着雨声送来几句优美的歌曲：

你放声哭，
因为我把林中善鸣的鸟笼住么？
你飞不动，
因为我把空中的雁射杀么？
你不敢进我的门，
因为我家养狗提防客人么？
因为我家养猫捕鼠，
你就不来么？
因为我的灯火没有笼罩，
烧死许多美丽的昆虫
你就不来么？
你不肯来，
因为我有……？

“有什么呢？”她听到末了这句，那紊乱的心就发出这样的问。她心中接着想：因为我约你，所以你不肯来；还是因为大雨，使你不能来呢？

海

我的朋友说："人的自由和希望，一到海面就完全失掉了！因为我们太不上算，在这无涯浪中无从显出我们有限的能力和意志。"

我说："我们浮在这上面，眼前虽不能十分如意，但后来要遇着的，或者超乎我们的能力和意志之外。所以在一个风狂浪骇的海面上，不能准说我们要到什么地方就可以达到什么地方，我们只能把性命先保持住，随着波涛颠来簸去便了。"

我们坐在一只不如意的救生船里，眼看着载我们到半海就毁坏的大船渐渐沉下去。

我的朋友说："你看，那要载我们到目的地的船快要歇息去了！现在在这茫茫的空海中，我们可没有主意啦。"

幸而同船的人，心忧得很，没有注意听他的话。我把他的手摇了一下说："朋友，这是你纵谈的时候么？你不帮着划桨么？"

"划桨么？这是容易的事。但要划到那里去呢？"

我说："在一切的海里，遇着这样的光景，谁也没有带着主意下来，谁也脱不了在上面泛来泛去。我们尽管划罢。"

梨花

她们还在园里玩，也不理会细雨丝丝穿入她们的罗衣。池边梨花的颜色被雨洗得更白净了。但朵朵都懒懒地垂着。

姊姊说："你看，花儿都倦得要睡了！"

"待我来摇醒他们。"

姊姊不及发言，妹妹的手早已抓住树枝摇了几下。花瓣和水珠纷纷地落下来，铺得银片满地，煞是好玩。

妹妹说："好玩啊，花瓣一离开树枝，就活动起来了！"

"活动什么？你看，花儿的泪都滴在我身上哪。"姊姊说这话时，带着几分怒气，推了妹妹一下。她接着说："我不和你玩了；你自己在这里罢。"

妹妹见姊姊走了，直站在树下出神。停了半晌，老妈子走来，牵着她，一面走着，说："你看，你的衣服都湿透了；在阴雨天，每日要换几次衣服，教人到那里找太阳给你晒去呢？"

落下来的花瓣，有些被她们的鞋印入泥中；有些黏在妹妹身上，被她带走；有些浮在池面，被鱼儿衔入水里。那多情的燕子不歇把鞋印上的残瓣和软泥一同衔在口中，到梁间去，构成他们的香巢。

债

他一向就住在妻子家里，因为他除妻子以外，没有别的亲戚。妻家的人爱他的聪明，也怜他的伶仃，所以万事都尊重他。

他的妻子早已去世，膝下又没有子女。他的生活就是念书、写字，有时还弹弹七弦；他决不是一个书呆子，因为他常要在书内求理解，不像书呆子只求多念。

妻子的家里有很大的花园供他游玩；有许多奴仆听他使令。但他从没有特意到园里游玩；也没有呼唤过一个仆人。

在一个阴郁的天气里，人无论在什么地方都不舒服的。岳母叫他到屋里闲谈，不晓得为什么缘故就劝起他来。岳母说："我觉得自从俪儿去世以后，你就比前格外客气。我劝你毋须如此，因为外人不知道都要怪我。看你穿成这样，还不如家里的仆人，若有生人来到，叫我怎样过得去？倘或有人欺负你，说你这长那短，尽可以告诉我，我责罚他给你看。"

"我那里懂得客气？不过我只觉得我欠的债太多，不好意思多要什么。"

"什么债？有人问你算账么？唉，你太过见外了！我看你和自己的子侄一样，你短了什么，尽管问管家的要去；若有人敢说闲话，我定不饶他。"

"我所欠的是一切的债，我看见许多贫乏人、愁苦人，就如该了他们无量数的债一般。我有好的衣食，总想先偿还他们。世间若有一个人吃不饱足，穿不暖和，住不舒服，我也不敢公然独享这具足的生活。"

"你说得太玄了！"她说过这话，停了半晌才接着点头说，"很好，这才是读书人'先天下之忧而忧'的精神。……然而你要什么时候才还得清呢？你有清还的计画没有？"

"唔……唔……"他心里从来没有想到这个，所以不能回答。

"好孩子，这样的债，自来就没有人能还得清，你何必自寻苦恼？我想，你还是做一个小小的债主罢。说到具足生活，也是没有涯岸的：我们今日所谓具足，焉知不是明日的缺陷？你多念一点书就知道生命即是缺陷的苗圃，是烦恼的秧田；若要补修缺陷，拔除烦恼，除弃绝生命外，没有别条道路。然而，我们那能办得到？个个人都那么怕死！你不要作这种非非想，还是顺着境遇做人去罢。”

“时间，……计画，……做人……”这几个字从岳母口里发出，他的耳鼓就如受了极猛烈的椎击。他想来想去，已想昏了。他为解决这事，好几天没有出来。

那天早晨，女佣端粥到他房里，没见他，心中非常疑惑。因为早晨，他没有什么地方可去：海边呢？他是不轻易到的。花园呢？他更不愿意在早晨去。因为丫头们都在那个时候到园里争摘好花去献给她们几位姑娘。他最怕见的是人家毁坏现成的东西。

女佣四围一望，蓦地看见一封信被留针刺在门上。她忙取下来，给别人一看，原来是给老夫人的。

她把信拆开，递给老夫人。上面写着：

亲爱的岳母：

你问我的话，教我实在想不出好回答。而且，因你这一问，使我越发觉得我所负的债更重。我想做人若不能还债，就得避债，决不能教债主把他揪住，使他受

苦。若论还债，依我的力量、才能，是不济事的。我得出去找几个帮忙的人。如果不能找着，再想法子。现在我去了，多谢你栽培我这么些年。我的前途，望你记念；我的往事，愿你忘却。我也要时时祝你平安。

婿容融留字

老夫人念完这信，就非常愁闷。以后，每想起她的女婿，便好几天不高兴。但不高兴尽管不高兴，女婿至终没有回来。

暾将出兮东方

在山中住，总要起得早，因为似醒非醒地眠着，是山中各样的朋友所憎恶的。破晓起来，不但可以静观彩云的变幻，和细听鸟语的婉转，有时还从山巅，树表，溪影，村容之中给我们许多不可说不可说的愉快。

我们住在山压担牙阁里，有一次，在曙光初透的时候，大家还在床上眠着，耳边恍惚听见一队童男女的歌声，唱道：

榻上人，应觉悟！
晓鸡频催三两度。

君不见——
“暾将出兮东方”，
微光已透前村树？
榻上人，应觉悟！

往后又跟着一节和歌：

暾将出兮东方！
暾将出兮东方！
会见新曦被四表，
使我乐兮无央。

那歌声还接着往下唱，可惜离远了，不能听得明白。

啸虚对我说：“这不是十年前你在学校里教孩子唱的么？怎么会跑到这里唱起来？”

我说：“我也很诧异；因为这首歌，连我自己也早已忘了。”

“你的暮气满面，当然会把这歌忘掉。我看你现在要用赞美光明的声音去赞美黑暗哪。”

我说：“不然，不然。你何尝了解我？本来，黑暗是不足诅咒，光明是毋须赞美的。光明不能增益你什么，黑暗不能妨害你什么，你以何因缘而生出差别心来？若说要赞美的话：在早晨就该赞美早晨；在日中就该赞美日中；在黄昏就该赞美黄昏；在长夜就该赞美长夜；在过去、现在、将来一切时间，就该赞美过去、现在、将来一切时间。说到诅咒，亦复如是。”

那时，朝曦已射在我们脸上，我们立即起来，计画那日的游程。

万物之母

在这经过离乱的村里，荒屋破篱之间，每日只有几缕零零落落的炊烟冒上来；那人口的稀少可想而知。你一进到无论那个村里，最喜欢遇见的，是不是村童在阡陌间或园圃中跳来跳去；或走在你前头，或随着你步后模仿你的行动？村里若没有孩子们，就不成村落了。在这经过离乱的村里，不但没有孩子，而且有向你要求孩子！

这里住着一个不满三十岁的寡妇，一见人来，便要求，说："善心善行的人，求你对那位总爷说，把我的儿子给回。我那穿虎纹衣服，戴虎儿帽的便是我的儿子。"

她的儿子被乱兵杀死已经多年了。她从不会忘记：总爷把无情的剑拔出来的时候，那穿虎纹衣服的可怜儿还用双手招着，要她搂抱。她要跑去接的时候，她的精神已和黄昏的霞光一同麻痹而熟睡了。唉，最惨的事岂不是人把寡妇怀里的独生子夺过去，且在她面前害死吗？要她在醒后把这事完全藏在她记忆的多宝箱里，可以说，比剖芥子来藏须弥还难。

她的屋里排列了许多零碎的东西；当时她儿子玩过的小团也在其中。在黄昏时候，她每把各样东西抱在怀里说：“我的儿，母亲岂有不救你，不保护你的？你现在在我怀里咧。不要作声，看一会人来又把你夺去。”可是一过了黄昏，她就立刻醒悟过来，知道那所抱的不是她的儿子。

那天，她又出来找她的“命”。月的光明着她，使她在不知不觉间进入村后的山里。那座山，就是白天也少有人敢进去，何况在盛夏的夜间，杂草把樵人的小径封得那么严！她一点也不害怕，攀着小树，缘着茑萝，慢慢地上去。

她坐在一块大石上歇息，无意中给她听见了一两声的儿啼。她不及判别，便说：“我的儿，你藏在这里么？我来了，不要哭啦。”

她从大石下来，随着声音的来处，爬入石下一个洞里。但是里面一点东西也没有。她很疲乏，不能再爬出来，就在洞里睡了一夜。

王

第二天早晨，她醒时，心神还是非常恍惚。她坐在石上，耳边还留着昨晚上的儿啼声。这当然更要动她的心，所以那方从霭云被里钻出来的朝阳无力把她脸上和鼻端的珠露晒干了。她在瞻顾中，才看出对面山岩上坐着一个穿虎纹衣服的孩子。可是她看错了！那边坐着的，是一只虎子；他的声音从那边送来很像儿啼。她立即离开所坐的地方，不管当中所隔的谷有多么深，尽管攀缘着，向那边去。不幸早露未干，所依附的都很湿滑，一失手，就把她溜到谷底。

她昏了许久才醒回来。小伤总免不了，却还能够走动。她爬着，看见身边暴露了一副小髑髅。

“我的儿，你方才不是还在山上哭着么？怎么你母亲来得迟一点，你就变成这样？”她把髑髅抱住，说：“呀，我的苦命儿，我怎能把你医治呢？”悲苦尽管悲苦，然而，自她丢了孩子以后，不能不算这是她第一次的安慰。

从早晨直到黄昏，她就坐在那里，不但不觉得饿，连水也没喝过。零星几点，已悬在天空，那天就在她的安慰中过去了。

她忽想起幼年时代，人家告诉她的神话，就立起来说：“我的儿，我抱你上山顶，先为你摘两颗星星下来，嵌入你的眼眶，教你看得见；然后给你找香象的皮肉来补你的身体。可是你不要再哭，恐怕给人听见，又把你夺过去。”

“敬姑，敬姑。”找她的人们在满山中这样叫了好几声，也没有一点影响。

“也许她被那只老虎吃了。”

“不，不对。前晚那只老虎是跑下来捕云哥圈里的牛犊被打死的。如果那东西把敬姑吃了，决不再下山来赴死。我们再进深一点找罢。”

唉，他们的工夫白费了！纵然找着她，若是她还没有把星星抓在手里，她心里怎能平安，怎肯随着他们回来？

春的林野

春光在万山环抱里，更是泄漏得迟。那里的桃花还是开着；漫游的薄云从这峰飞过那峰，有时稍停一会，为的是挡住太阳，教地面的花草在他的荫下避避光焰的威吓。

岩下的荫处和山溪的旁边满长了薇蕨和其他凤尾草。红、黄、蓝、紫的小草花点缀在绿茵上头。

天中的云雀，林中的金莺，都鼓起他们的舌簧。轻风把他们的声音挤成一片，分送给山中各样有耳无耳的生物。桃花听得入神，禁不住落了几点粉泪，一片一片凝在地上。小草花听得大醉，也和着声音的节拍一会倒一会起，没有镇定的时候。

林下一班孩子正在那里捡桃花的落瓣哪。他们捡着，清儿忽嚷起来，道：“嗄，邕邕来了！”众孩子住了手，都向桃林的尽头盼望。果然邕邕也在那里摘草花。

清儿道：“我们今天可要试试阿桐的本领了。若是他能办得到，我们都把花瓣穿成一串瓔珞围在他身上，封他为大哥如何？”

众人都答应了。

阿桐走到邕邕面前道：“我们正等着你来呢。”

阿桐的左手盘在邕邕的脖上，一面走一面说：“今天他们要替你办嫁妆，教你做我的妻子。你能做我的妻子么？”

邕邕狠视了阿桐一下，回头用手推开他，不许他的手再搭在自己脖上。孩子们都笑得支持不住了。

众孩子嚷道：“我们见过邕邕用手推人了！阿桐赢了！”

邕邕从来不会拒绝人，阿桐怎能知道一说那话，就能使她动手呢？是春光的荡漾，把他这种心思泛出来呢？或者，天地之心就是这样呢？

你且看：漫游的薄云还是从这峰飞过那峰。

你且听：云雀和金莺的歌声还布满了空中和林中。在这万山环抱的桃林中，除那班爱闹的孩子以外，万物把春光领略得心眼都迷了。

七宝池上的乡思

弥陀说："极乐世界的池上，
何来凄切的泣声？
迦陵频迦，你下去看看
是谁这样猖狂。"
于是迦陵频迦鼓着翅膀，
飞到池边一棵宝树上，
还歇在那里，引颈下望：
"咦，佛子，你岂忘了这里是天堂？
你岂不爱这里的宝林成行；
树上的花花相对，

叶叶相当？
你岂不闻这里有等等妙音充耳；
岂不见这里有等等庄严宝相？
住这样具足的乐土，
为何尽自悲伤？”
坐在宝莲上的少妇还自啜泣，合掌回答说：
“大士，这里是你的家乡，
在你，当然不觉得有何等苦况。
我的故土是在人间，
怎能教我不哭着想？

“我要来的时候，
我全身都冷却了。
但我的夫君，还用他温暖的手将我搂抱；
用他融溶的泪滴在我额头。

“我要来的时候，
我全身都挺直了；
但我的夫君，还把我的四肢来回曲挠。

“我要来的时候，

我全身的颜色，已变得直如死灰；
但我的夫君还用指头压我的两颊，
看看从前的粉红色能否复回。

“现在我整天坐在这里，
不时听见他的悲啼。
唉，我额上的泪痕，
我臂上的暖气，
我脸上的颜色，
我全身的关节，
都因着我夫君的声音，
烧起来，溶起来了！
我指望来这里享受快乐，
现在反憔悴了！

“呀，我要回去，
我要回去，
我要回去止住他的悲啼。
我巴不得现在就回去止住他的悲啼。”

迦陵频迦说：

“你且静一静，
我为你吹起天笙，
把你心中愁闷的垒块平一平；
且化你耳边的悲啼为欢声。
你且静一静，
我为你吹这天笙。”

“你的声不能变为爱的喷泉，
不能灭我身上一切爱痕的烈焰；
也不能变为忘的深渊，
使他将一切情愫投入里头，
不再将人惦念，
我还得回去和他相见，
去解他的眷恋。”

“呵，你这样有情，
谁还能对你劝说
向你拦禁？
回去罢，须记得这就是轮回因。”

弥陀说：“善哉，迦陵！

你乃能为她说这大因缘！
纵然碎世界为微尘，
这微尘中也住着无量有情。
所以世界不尽，有情不尽；
有情不尽，轮回不尽；
轮回不尽，济度不尽；
济度不尽，乐土乃能显现不尽。”

话说完，莲瓣渐把少妇裹起来，再合成一朵菡萏低垂着。微风一吹，他荏弱得支持不住，便堕入池里。

迦陵频迦好像记不得这事，在那花花相对，叶叶相当的林中，向着别的有情歌唱去了。

银翎的使命

黄先生约我到狮子山麓阴湿的地方去找捕蝇草。那时刚过梅雨之期，远地青山还被烟霞蒸着，惟有几朵山花在我们眼前淡定地看那在溪涧里逆行的鱼儿喋着他们的残瓣。

我们沿着溪涧走。正在找寻的时候，就看见一朵大白花从上游顺流而下。我说："这时候，那有偌大的白荷花流着呢？"

我的朋友说："你这近视鬼！你准看出那是白荷花么？我看那是……"

说时迟，来时快，那白的东西已经流到我们跟前。黄先生急把采集网拦住水面；那时，我才看出是一只鸽子。他从网里把那死的飞禽取出来，诧异说："是谁那么不仔细，把人家的传书鸽打死了！"他说时，从鸽翼下取出一封来长的小信来。那信已被水浸透了；我们慢慢把他展开，披在一块石上。

"我们先看看这是从那里来，要寄到那里去的，然后给他寄去，如何？"我一面说，一面看着。但那上头不特地址没有，甚至上下的款识也没有。

黄先生说："我们先看看里头写的是什么，不必讲私德了。"

我笑着说："是，没有名字的信就是公的；所以我们也可以披阅一遍。"

于是我们一同念着：

你教昆儿带银翎，翠翼来，吩咐我，若是他们空着回去，就是我还平安的意思。我恐怕他知道，把这两只小宝贝寄在霞妹那里；谁知道前天她开笼搁饲料的时候，不提防把翠翼放走了！

嗳，爱者，你看翠翼没有带信回去，定然很安心，以为我还平安无事。我也很盼望你常想着我的精神和去年一样。不过现在不能不对你说的，就是过几天人就要把我接去了！我不得不叫你速速来和他计较。你一来，什么事都好办了。因为他怕的是你和他讲理。

嗳，爱者，你见信以后，必得前来，不然，就见我不着；以后只能在累累荒塚中读我的名字了，这不是我不等你，时间不让我等你哟！

我盼望银翎平平安安地带着他的使命回去。

我们念完，黄先生道："这是怎么一回事？"

"谁能猜呢？反正是不幸的事罢了。现在要紧的，就是怎样处置这封信。我想把他贴在树上，也许有知道这事的人经过这里，可以把他带去。"我摇着头，且轻轻地把信揭起。

黄先生说："不如拿到村里去打听一下，或者容易找出一点线索。"

我们商量之下，就另钞一张起来，仍把原信系在鸽翼底下。黄先生用采掘锹子在溪边挖了一个小坑，把鸽子葬在里头。回头为他立了一座小碑，且从水中淘出几块美丽的小石压在墓上。那墓就在山花盛开的地方，我一翻身，就把些花瓣摇下来，也落在这使者的墓上。

美的牢狱

求正在镜台边理她的晨妆，见她的丈夫从远地回来，就把头拢住，问道："我所需要的你都给带回来了没有？"

"对不起！你虽是一个建筑师，或泥水匠，能为你自己建筑一座'美的牢狱'；我却不是一个转运者，不能为你搬运等等材料。"

"你念书不是念得越糊涂，便是越高深了！怎么你的话，我一点也听不懂？"

丈夫含笑说："不懂么？我知道你开口爱美，闭口爱美，多方地要求我给你带等等装饰回来；我想那些东西都围绕在你的体外，合起来，岂不是成为一座监禁你的牢狱吗？"

她静默了许久，也不做声。她的丈夫往下说："妻呀，我想你还不明白我的意思：我想所有美丽的东西，只能让他们散布在各处，我们只能在他们的出处爱他们；若是把他们聚拢起来，搁在一处，或在身上，那就不美了……"

她睁着那双柔媚的眼，摇着头说："你说得不对。你说得不对。若不剖蚌，怎能得着珠玑呢？若不开山，怎能得着金刚、玉石、玛瑙等等宝物呢？而且那些东西，本来不美，必得人把他们琢磨出来，加以装饰，才能显得美丽咧。若说我要装饰，就是建筑一所美的牢狱，且把自己监在里头，且问谁不被监在这种牢狱里头呢？如果世间真有美的牢狱，像你所说，那么，我们不过是造成那牢狱的一沙一石罢了。"

"我的意思就是听其自然，连这一沙一石也毋须留存。孔雀何为自己修饰羽毛呢？芰荷何尝把他的花染红了呢？"

"所以说他们没有美感！我告诉你，你自己也早已把你的牢狱建筑好了。"

"胡说！我何曾？"

"你心中不是有许多好的想象；不是要照你的好理想去行事么？你所有的，是不是从古人曾经建筑过的牢狱里捡出其中的残片！或是在自己的世界取出来的材料呢？自然要加上一点人为才能有意思。若是我的形状和荒古时候的人一样，你还爱我吗？我准敢说，你若不好好地住在你的牢狱里头，且不时时把牢狱的墙垣垒得高高地，我也不能爱你。”

刚愎的男子，你何尝佩服女子的话？你不过会说：“就是你会说话！等我思想一会儿，再与你决战。”

补破衣的老妇人

她坐在檐前，微微的雨丝飘摇下来，多半聚在她脸庞的皱纹上头。她一点也不理会，尽管收拾她的筐子。

在她的筐子里有很美丽的零剪绸缎；也有很粗陋的麻头、布尾。她从没有理会雨丝在她头、面、身体之上乱扑；只提防着筐里那些好看的材料沾湿了。

那边来了两个小弟兄。也许他们是学校回来。小弟弟管叫她做“衣服的外科医生”；现在见她坐在檐前，就叫了一声。

她抬起头来，望着这两个孩子笑了一笑。那脸上的皱纹虽皱得更厉害，然而生的痛苦可以从那里挤出许多，更能表明她是一个享乐天年的老婆子。

小弟弟说："医生，你只用筐里的材料在别人的衣服上，怎么自己的衣服却不管了？你看你肩脖补的那一块又该掉下来了。"

老婆子摩一摩自己的肩脖，果然随手取下一块小方布来。她笑着对小弟弟说："你的眼睛实在精明！我这块原没有用线缝住；因为早晨忙着要出来，只用浆子暂时糊着，盼望晚上回去弥补；不提防雨丝替我揭起来了！……这揭得也不错。我，既如你所说，是一个衣服的外科医生，那么，我是不怕自己的衣服害病的。"

她仍是整理筐里的零剪绸缎，没理会雨丝零落在她身上。

哥哥说："我看爸爸的手册里夹着许多的零剪文件；他也是像你一样：不时地翻来翻去。他……"

弟弟插嘴说："他也是另一样的外科医生。"

老婆子把眼光射在他们身上，说："哥儿们，你们说得对了。你们的爸爸爱惜小册里的零碎文件，也和我爱惜筐里的零剪绸缎一般。他凑合多少地方的好意思；等用得着时，就把他们编连起来，成为一种新的理解。所不同的，就是他用的头脑；我用的只是指头便了。你们叫他做……"

说到这里，父亲从里面出来，问起事由，便点头说："老婆子，你的话很中肯要。我们所为，原就和你一样，东搜西罗，无非是些绸头、布尾，只配用来补补破衲袄罢了。"

父亲说完，就下了石阶，要在微雨中到葡萄园里，看看他的葡萄长芽了没有。这里孩子们还和老婆子争论着要号他们的爸爸做什么样医生。

再会

靠窗棂坐着那位老人家是一位航海者，刚从海外归来的。他和萧老太太是少年时代的朋友，彼此虽别离了那么些年，然而他们会面时，直像忘了当中经过的日子。现在他们正谈起少年时代的旧话。

“蔚明哥，你不是二十岁的时候出海的么？”她屈着自己的指头，数了一数才用那双被阅历染浊了的眼睛看着她的朋友说：“呀，四十五年就像我现在数着指头一样地过去了！”

老人家把手捋一捋胡子，很得意地说：“可不是！……记得我到你家辞行那一天，你正在园里饲你那只小鹿；我站在你身边一棵正开着花的枇杷树下。花香和你头上的油香杂窜入我的鼻中，当时，我的别绪也不晓得要从那里说起；但你只低头抚着小鹿。我想你那时也不能多说什么，你竟然先问一句：‘要等到什么时候我们再能相见呢？’我就慢答道：‘毋须多少时候。’那时，你……”

老太太截着说：“那时候的光景我也记得很清楚。当你说这句的时候，我不是说‘要等再相见时，除非是黑墨有洗得白的时节’。哈哈！你去时，那缕漆黑的头发现在岂不是已被海水洗白了么？”

老人家摩摩自己的头顶，说：“对啦！这也算应验哪！可惜我见不着芳哥，他过去多少年了？”

“唉，久了！你看我已经抱过四个孙儿了。”她说时，看着窗外几个孩子在瓜棚下玩，就指着那最高的孩子说：“你看鼎儿已经十二岁了，他公公就在他弥月后去世的。”

他们谈话时，丫头端了一盘牡蛎煎饼来。老太太举手让着蔚明哥说：“我定知道你的嗜好还没有改变，所以特地为你做这东西。

“你记得我们少时，你母亲有一天做这样的饼给我们吃。你拿一块，吃完了才嫌饼里的牡蛎少，助料也不如我的多，闹着要把我的饼抢去。当时，你母亲说了一句话，教我常常忆起，就是：‘好孩子，算了罢。助料都是搁在一起渗匀的。做的时候，谁有工夫把分量细细去分配呢？这自然是免不了有些多，有些少的；只要饼的气味好就够了。你所吃的原不定就是为你做的，可是你已经吃过，就不能再要了。’蔚明哥，你说末了这话多么感动我呢！拿这个来比我们的境遇罢：境遇虽然一个一个排列在面前，容我们有机会选择，有人选得好，有人选得歹，可是选定以后，就不能再选了。”

老人家拿起饼来吃，慢慢地说：“对啦！你看我这一生净在海面生活，生活极其简单，不像你这么繁复，然而我还是像当时吃那饼一样——也就饱了。”

“我想我老是多得便宜。我的‘境遇的饼’虽然多一些助料，也许好吃一些，但是我的饱足是和你一样的。”

谈旧事是多么开心的事！看这光景，他们像要把少年时代的事迹一一回溯一遍似的。但外面的孩子们不晓得因什么事闹起来，老太太先出去做判官；这里留着一位铄的航海者静静地坐着吃他的饼。

桥边

我们住的地方就在桃溪溪畔。夹岸遍是桃林：桃实、桃叶映入水中，更显出溪边的静谧。真想不到仓皇出走的人还能享受这明媚的景色！我们日日在林下游玩；有时踱过溪桥，到朋友的蔗园里找新生的甘蔗吃。

这一天，我们又要到蔗园去，刚踱过桥，便见阿芳——蔗园的小主人——很忧郁地坐在桥下。

“阿芳哥，起来领我们到你园里去。”他举起头来，望了我们一眼，也没有说什么。

我哥哥说：“阿芳，你不是说你一到水边就把一切的烦闷都洗掉了吗？你不是说，你是水边的蜻蜓么？你看歇在水

荭花上那只蜻蜓比你怎样?”

“不错。然而今天就是我第一次的忧闷。”

我们都下到岸边,围绕住他,要打听这回事。他说:“方才红儿掉在水里了!”红儿是他的腹婚妻,天天都和他在一块儿玩的。我们听了他这话,都惊讶得很。哥哥说:“那么,你还能在这里闷坐着吗?还不赶紧去叫人来?”

“我一回去,我妈心里的忧郁怕也要一颗一颗地结出来,像桃实一样了。我宁可独自在此忧伤,不忍使我妈妈知道。”

我的哥哥不等说完,一股气就跑到红儿家里。这里阿芳还在皱着眉头,我也眼巴巴地望着他,一声也不响。

“谁掉在水里啦?”

我一听,是红儿的声音,速回头一望,果然哥哥携着红儿来了!她笑眯眯地走到芳哥跟前,芳哥像很惊讶地望着她。很久,他才出声说:“你的话不灵了么?方才我贪着要到水边看看我的影儿,把他搁在树上,不留神轻风一摇,把他摇落水里,他随着流水往下流去;我回头要抱他,他已不在了。”

红儿才知道掉在水里的是她所赠与的小囝。她曾对阿芳说那小囝也叫红儿,若是把他丢了,便是丢了她。所以芳哥这么谨慎看护着。

芳哥实在以红儿所说的话是千真万真的,看今天的光景，可就教他怀疑了。他说："哦，你的话也是不准的！我这时才知道丢了你的东西不算丢了你，真把你丢了才算。"

我哥哥对红儿说："无意的话倒能教人深信：芳哥对你的信念，头一次就在无意中给你打破了。"

红儿也不着急，只优游地说："信念算什么？要真相知才有用哪。……也好，我借着这个就知道他了。我们还是到蔗园去罢。"

我们一同到蔗园去，芳哥方才的忧郁也和糖汁一同吞下去了。

头发

这村里的大道今天忽然点缀了许多好看的树叶，一直达到村外的麻栗林边。村里的人，男男女女都穿得很整齐，像举行什么大节期一样。但六月间没有重要的节期，婚礼也用不着这么张罗，到的是为甚事？

那边的男子们都唱着他们的歌，女子也都和着。我只静静地站在一边看。

一队兵押着一个壮年的比丘从大道那头进前。村里的人见他来了，歌唱得更大声。妇人们都把头发披下来，争着跪在道傍，把头发铺在道中。从远一望，直像整匹的黑练摊在那里。那位比丘从容地从众女人的头发上走过；后面的男子们都嚷着："可赞美的孔雀旗呀！"

他们这一嚷就把我提醒了。这不是倡自治的孟法师入狱的日子吗？我心里这样猜，赶到他离村里的大道远了，才转过篱笆的西边。刚一拐弯，便遇着一个少女摩着自己的头发，很懊恼地站在那里。我问她说："小姑娘，你站在此地，为你们的大师伤心么？"

"固然。但是我还咒诅我的头发为什么偏生短了，不能摊在地上，教大师脚下的尘土留下些少在上头。你说今日村里的众女子，那一个不比我荣幸呢？"

"这有什么荣幸？若你有心恭敬你的国土和你的大师就够了。"

"咦！静藏在心里的恭敬是不够的。"

"那么，等他出狱的时候，你的头发就够长了。"

女孩子听了，非常喜欢，至于跳起来说："得先生这一祝福，我的头发在那时定能比别人长些。多谢了！"

她跳着从篱笆对面的流连子园去了。我从西边一直走，到那麻栗林边。那里的土很湿，大师的脚印和兵士的鞋印在上头印得很分明。

疲倦的母亲

那边一个孩子靠近车窗坐着：远山，近水，一幅一幅，次第嵌入窗户，射到他的眼中。他手画着，口中还咿咿哑哑地，唱些没字曲。

在他身边坐着一个中年妇人，支着头瞌睡。孩子转过脸来，摇了她几下，说："妈妈，你看看，外面那座山很像我家门前的呢。"

母亲举起头来，把眼略睁一睁；没有出声，又支着颐睡去。

过一会，孩子又摇她，说："妈妈，'不要睡罢，看睡出病来了。'你且睁一睁眼看看外面八哥和牛打架呢。"

母亲把眼略略睁开，轻轻打了孩子一下；没有做声，又支着头睡去。

孩子鼓着腮，很不高兴。但过一会，他又唱起来了。

“妈妈，听我唱歌罢。”孩子对着她说了，又摇她几下。

母亲带着不喜欢的样子说：“你闹什么？我都见过，都听过，都知道了，你不知道我很疲乏，不容我歇一下么？”

孩子说：“我们是一起出来的：怎么我还顶精神，你就疲乏起来？难道大人不如孩子么？”

车还在深林平畴之间穿行着。车中的人，除那孩子和一二个旅客以外，少有不像他母亲那么鼾睡的。

处女的恐怖

深沉院落，静到极地；虽然我的脚步走在细草之上，还能惊动那伏在绿丛里的蜻蜓。我每次来到庭前，不是听见投壶的音响，便是闻得四弦的颤动；今天，连窗上铁马的轻撞声也没有了！

我心里想着这时候小坡必定在里头和人下围棋；于是轻轻走着，也不声张，就进入屋里。出乎主人的意想，跑去站在他后头，等他蓦然发觉，岂不是很有趣？但我轻揭帘子进去时，并不见小坡，只见他的妹子伏在书案上假寐。我更不好声张，还从原处蹑出来。

走不远，方才被惊的蜻蜓就用那碧玉琢成的一千只眼瞧着我。一见我来，他又鼓起云母的翅膀飞得飒飒作响。可是破岑寂的，还是屋里大踏大步的声音。我心知道小坡的妹子醒了，看见院里有客，紧紧要回避，所以不敢回头观望，让她安然走入内衕。

“四爷，四爷，我们太爷请你进来坐。”我听得是玉笙的声音，回头便说：“我已经进去了；太爷不在屋里。”

“太爷随即出来，请到屋里一候。”她揭开帘子让我进去。果然他的妹子不在了！丫头刚走到衕内院子的光景，便有一股柔和而带笑的声音送到我耳边说：“外面伺候的人一个也没有；好在是西衕的四爷，若是生客，教人怎样进退？”

“来的无论生熟，都是朋友，又怕什么？”我认得这是玉笙回答她小姐的话语。

“女子怎能不怕男人，敢独自一人和他们应酬么？”

“我又何尝不是女子？你不怕，也就没有什么。”

我才知道她并不曾睡去，不过回避不及，装成那样的。我走近案边，看见一把画未成的纨扇搁在上头。正要坐下，小坡便进来了。

“老四，失迎了。舍妹跑进去，才知道你来。”

“岂敢，岂敢。请原谅我的莽撞。”我拿起纨扇问道，“这是令妹写的？”

“是。她方才就在这里写画。笔法有什么缺点，还求指教。”

“指教倒不敢；总之，这把扇是我捡得的，是没有主的，我要带他回去。”我摇着扇子这样说。

“这不是我的东西，不干我事。我叫她出来与你当面交涉。”小坡笑着向帘子那边叫：“九妹，老四要把你的扇子拿去了！”

他妹子从里面出来；我忙趋前几步——陪笑，行礼。我说：“请饶恕我方才的唐突。”她没做声，尽管笑着。我接着说：“令兄应许把这扇送给我了。”

小坡抢着说：“不！我只说你们可以直接交涉。”

她还是笑着，没有做声。

我说："请九姑娘就案一挥，把这画完成了，我好立刻带走。"

但她仍不做声。她哥哥不耐烦，促她说："到底是允许人家是不允许，尽管说，害什么怕？"妹子捋了他一眼，说："人家就是这么害怕。"她对我说："这是不成东西的，若是要，我改天再奉上。"

我速速说："够了，我不要更好的了。你既然应许，就将这一把赐给我罢。"于是她仍旧坐在案边，用丹青来染那纨扇。我们都在一边看她运笔。小坡笑着对妹子说："现在可不怕人了。"

"当然。"她含笑对着哥哥。自这声音发出以后，屋里，庭外，都非常沉寂；窗前也没有铁马的轻撞声。所能听见的只有画笔在笔洗里拨水的微响，和颜色在扇上的运行声。

乡曲的狂言

在城市住久了，每要害起村庄的相思病来。我喜欢到村庄去，不单是贪玩那不染尘垢的山水；并且爱和村里的人攀谈。我常想着到村里听庄稼人说两句愚拙的话语，胜过在都邑里领受那些智者的高谈大论。

这日，我们又跑到村里拜访耕田的隆哥。他是这小村的长者，自己耕着几亩地，还艺一所菜园。他的生活倒是可以羡慕的。他知道我们不愿意在他矮陋的茅茆里，就让我们到篱外的瓜棚底下坐坐。

横空的长虹从前山的凹处吐出来，七色的影印在清潭的水面。我们正凝神看着，蓦然听得隆哥好像对着别人说：

"冲那边走罢，这里有人。"

"我也是人，为何这里就走不得？"我们转过脸来，那人已站在我们跟前。那人一见我们，应行的礼，他也懂得。我们问过他的姓名，请他坐。隆哥看见这样，也就不做声了。

我们看他不像平常人；但他有什么毛病，我们也无从说起。他对我们说："自从我回来，村里的人不晓得当我做个什么？我想我并没有坏意思，我也不打人，也不叫人吃亏，也不占人便宜，怎么他们就这般地欺负我——连路也不许我走？"

和我同来的朋友问隆哥说："他的职业是什么？"隆哥还没作声，他便说："我有事做，我是有职业的人。"说着，便从口袋里掏出一本小折子来，对我的朋友说："我是做买卖的。我做了许久了，这本折子里所记的账不晓得是人该我的，还是我该人的，我也记不清楚，请你给我看看。"他把折子递给我的朋友，我们一同看，原来是同治年间的废折！我们忍不住大笑起来，隆哥也笑了。

隆哥怕他招笑话，想法子把他哄走。我们问起他的来历，隆哥说他从少在天津做买卖，许久没有消息，前几天刚回来的。我们才知道他是村里新回来的一个狂人。

隆哥说："怎么一个好好的人到城市里就变成一个疯子回来？我听见人家说城里有什么疯人院，是造就这种疯子的。你们住在城里，可知道有没有这回事？”

我回答说：“笑话！疯人院是人疯了才到里边去；并不是把好好的人送到那里教疯了放出来的。”

“既然如此，为何他不到疯人院里住，反跑回来，到处骚扰？”

“那我可不知道了。”我回答时，我的朋友同时对他说：“我们也是疯人，为何不到疯人院里住？”

隆哥很诧异地问：“什么？”

我的朋友对我说：“我这话，你说对不对？认真说起来，我们何尝不狂？要是方才那人才不狂呢。我们心里想什么，口又不敢说，手也不敢动，只会装出一副脸孔；倒不如他想说什么便说什么，想做什么就做什么，那分诚实，是我们做不到的。我们若想起我们那些受拘束而显出来的动作，比起他那真诚的自由行动，岂不是我们倒成了狂人？这样看来，我们才疯，他并不疯。”

隆哥不耐烦地说：“今天我们都发狂了，说那个干什么？我们谈别的罢。”

瓜棚底下闲谈，不觉把印在水面长虹惊跑了。隆哥的儿子赶着一对白鹅向潭边来。我的精神又贯注在那纯净的家禽身上。鹅见着水也就发狂了。他们互叫了两声，便拍着翅膀趋入水里，把静明的镜面踏破。

生

我的生活好像一棵龙舌兰，一叶一叶，慢慢地长起来。某一片叶在一个时期曾被那美丽的昆虫做过巢穴；某一片叶曾被小鸟们歇在上头歌唱过。现在那些叶子都落掉了！只有瘢楞的痕迹留在干上。人也忘了某叶某叶曾经显过的样子；那些叶子曾经历过的事迹惟有龙舌兰自己可以记忆得来，可是他不能说给别人知道。

我的生活好像我手里这管笛子。他在竹林里长着的时候，许多好鸟歌唱给他听；许多猛兽长啸给他听；甚至天中的风雨雷电都不时教给他发音的方法。

他长大了，一切教师所教的都纳入他的记忆里。然而他身中仍是空空洞洞，没有什么。

做乐器者把他截下来，开几个气孔，搁在唇边一吹，他从前学的都吐露出来了。

公理战胜

那晚上要举行战胜纪念第一次的典礼，不曾尝过战苦的人们争着要尝一尝战后的甘味。式场前头的人，未到七点钟，早就挤满了。

那边一个声音说："你也来了！你可是为庆贺公理战胜来的?"这边随着回答道："我只来瞧热闹，管他公理战胜不战胜。"

在我耳边恍惚有一个说话带乡下土腔的说："一个洋皇上生日倒比什么都热闹!"

我的朋友笑了。

我郑重地对他说："你听这愚拙的话，倒很入理。"

“我也信——若说战神是洋皇帝的话。”

人声，乐声，枪声，和等等杂响混在一处，几乎把我们的耳鼓震裂了。我的朋友说：“你看，那边预备放烟花了，我们过去看看罢。”

我们远远站着，看那红黄蓝白诸色火花次第地冒上来。“这真好，这真好！”许多人都是这样颂扬。但这是不是颂扬公理战胜？

旁边有一个人说：“你这灿烂的烟花，何尝不是地狱的火焰？若是真有个地狱，我想其中的火焰也是这般好看。”

我的朋友低声对我说：“对呀，这烟花岂不是从纪念战死的人而来的？战死的苦我们没有尝到，由战死而显出来的地狱火焰我们倒看见了。”

我说：“所以我们今晚的来，不是要趁热闹，乃是要凭吊那班愚昧可怜的牺牲者。”

谈论尽管谈论，烟花还是一样地放。我们的声音常是沦没在腾沸的人海里。

面具

人面原不如那纸制的面具哟！你看那红的，黑的，白的，青的，喜笑的，悲哀的，目眦怒得欲裂的面容，无论你怎样褒奖，怎样弃嫌，他们一点也不改变。红的还是红，白的还是白；目眦欲裂的还是目眦欲裂。

人面呢？颜色比那纸制的小玩意儿好而且活动，带着生气。可是你褒奖他的时候，他虽是很高兴，脸上却装出很不愿意的样子，你指摘他的时候，他虽是懊恼，脸上偏要显出勇于纳言的颜色。

人面到底是靠不住呀！我们要学面具，但不要戴他，因为面具后头应当让他空着才好。

落花生

我们屋后有半亩隙地。母亲说："让他荒芜着怪可惜，既然你们那么爱吃花生，就辟来做花生园罢。"我们几姊弟和几个小丫头都很喜欢——买种的买种，动土的动土，灌园的灌园；过不了几个月，居然收获了！

妈妈说："今晚我们可以做一个收获节，也请你们爹爹来尝尝我们的新花生，如何？"我们都答应了。母亲把花生做成好几样的食品，还吩咐这节期要在园里的茅亭举行。

那晚上的天色不大好，可是爹爹也到来，实在很难得！爹爹说："你们爱吃花生么？"

我们都争着答应："爱！"

“谁能把花生的好处说出来？”

姊姊说：“花生的气味很美。”

哥哥说：“花生可以制油。”

我说：“无论何等人都可以用贱价买他来吃；都喜欢吃他。这就是他的好处。”

爹爹说：“花生的用处固然很多；但有一样是很可贵的。这小小的豆不像那好看的苹果、桃子、石榴，把他们的果实悬在枝上，鲜红嫩绿的颜色，令人一望而发生羡慕的心。他只把果子埋在地底，等到成熟，才容人把他挖出来，你们偶然看见一棵花生瑟缩地长在地上，不能立刻辨出他有没有果实，非得等到你接触他才能知道。”

我们都说：“是的。”母亲也点点头。爹爹接下去说：“所以你们要像花生，因为他是有用的，不是伟大、好看的东西。”我说：“那么，人要做有用的人，不要做伟大、体面的人了。”爹爹说：“这是我对于你们的希望。”

我们谈到夜阑才散，所有花生食品虽然没有了，然而父亲的话现在还印在我心版上。

别话

素辉病得很重，离她停息的时候不过是十二个时辰了。她丈夫坐在一边，一手支颐，一手把着病人的手臂，宁静而恳挚的眼光都注在他妻子的面上。

黄昏的微光一分一分地消失，幸而房里都是白的东西，眼睛不至于失了他们的辨别力。屋里的静默，早已布满了死的气色，看护妇又不进来，她的脚步声只在门外轻轻地蹀过去，好像告诉屋里的人说：“生命的步履不望这里来，离这里渐次远了。”

强烈的电光忽然从玻璃泡里的金丝发出来。光的浪把那病人的眼睑冲开。丈夫见她这样，就回复他的希望，恳挚地说："你——你醒过来了！"

素辉好像没听见这话，眼望着他，只说别的。她说："嗳，珠儿的父亲，在这时候，你为什么不带她来见见我。"

"明天带她来。"

屋里又沉默了许久。

"珠儿的父亲哪，因为我身体软弱，多病的缘故，教你牺牲许多光阴来看顾我，还阻碍你许多比服事我更要紧的事。我实在对你不起。我的身体实不容我……"

"不要紧的，服事你也是我应当做的事。"

她笑。但白的被窝中所显出来的笑容并不是欢乐的标识。她说："我很对不住你，因为我不曾为我们生下一个男儿。"

"那里的话！女孩子更好。我爱女的。"

凄凉中的喜悦把素辉身中预备要走的魂拥回来。她的精神似乎比前强些，一听丈夫那么说，就接着道："女的本不足爱：你看许多人——连你——为女人惹下多少烦恼！……不过是——人要懂得怎样爱女人，才能懂得怎样爱智慧。不会爱或拒绝爱女人的，纵然他没有烦恼，他是万灵中最愚蠢的人。珠儿的父亲，珠儿的父亲哪，你佩服这话么？"

这时，就是我们——旁边的人——也不能为珠儿的父亲想出一句答辞。

“我离开你以后，切不要因为我，就一辈子过那鳏夫的生活。你必要为我的缘故，依我方才的话爱别的女人。”她说到这里把那只几乎动不得的右手举起来，向枕边摸索。

“你要什么？我替你找。”

“戒指。”

丈夫把她的手扶下来，轻轻在她枕边摸出一只玉戒指来递给她。

“珠儿的父亲，这戒指虽不是我们订婚用的，却是你给我的；你可以存起来，以后再给珠儿的母亲，表明我和她的连属。除此以外，不要把我的东西给她，恐怕你要当她是我；不要把我们的旧话说给她听，恐怕她要因你的话就生出差别心，说你爱死的妇人甚于爱生的妻子。”她把戒指轻轻地套在丈夫左手的无名指上。丈夫随着扶她的手与他的唇边略一接触。妻子对于这番厚意，只用微微睁开的眼睛看着他。除掉这样的回报，她实在不能表现什么。

丈夫说：“我应当为你做的事，都对你说过了。我再说一句，无论如何，我永久爱你。”

“咦。再过几时，你就要把我的尸体扔在荒野中了！虽然我不常住在我的身体内，可是人一离开，再等到什么时候，在什么地方才能互通我们恋爱的消息呢？若说我们将要住在天堂的话，我想我也永无再遇见你的日子，因为我们的天堂不一样。你所要住的，必不是我现在要去的。何况我还不配住在天堂？我虽不信你的神，我可信你所信的真理。纵然真理有能力，也不为我们这小小的缘故就永远把我们结在一块。珍重罢，不要爱我于离别之后。”

丈夫既不能说什么话，屋里只可让死的静寂占有了。楼的下恍惚敲了七下的自鸣钟。他为尊重医院的规则，就立起来，握着素辉的手说：“我的命，再见罢，七点钟了。”

“你不要走，我还和你谈话。”

“明天我早一点来，你累了，歇歇罢。”

“你总不听我的话。”她把眼睛闭了，显出很不愿意的样子。丈夫无奈，又停住片时，但她实在累了，只管躺着，也没有什么话说。

丈夫轻轻蹑出去。一到楼口，那脚步又退后走，不肯下去。他又蹑回来，悄悄到素辉床边，见她显着昏睡的形态，枯涩的泪点滴不下来，只挂在眼睑之间。

爱流汐涨

月儿的步履已踏过嵇家的东墙了。孩子在院里已等了许久，一看见上半弧的光刚射过墙头，便忙忙跑到屋里叫道："爹爹，月儿上来了，出来给我燃香罢。"

屋里坐着一个中年的男子，他的心负了无量的愁闷。外面的月亮虽然还像去年那么圆满，那么光明，可是他对于月亮的情绪就大不如去年了。当孩子进来叫他的时候，他就起来，勉强回答说："宝璜，今晚上不必拜月，我们到院里对着月光吃些果品，回头再出去看看别人的热闹。"

孩子一听见要出去看热闹，更喜得了不得。他说："为什么今晚上不拈香呢？记得从前是妈妈点给我的。"

父亲没有回答他。但孩子的话很多，问得父亲越发伤心了。他对着孩子不甚说话。只有向月不歇地叹息。

“爹爹今晚上不舒服么？为何气喘得那么厉害？”

父亲说：“是，我今晚上病了。你不是要出去看热闹么？可以教素云姐带你去，我不能去了。”

素云是一个年长的丫头，主人的心思、性地，她本十分明白，所以家里无论大小事几乎是她一人主持。她带宝璜出门，到河边看看船上和岸上各样的灯色；便中就告诉孩子说：“你爹爹今晚不舒服了，我们得早一点回去才是。”

孩子说：“爹爹白天还好好地，为何晚上就害起病来？”

“唉，你记不得后天是妈妈的百日吗？”

“什么是妈妈的百日？”

“妈妈死掉，到后天是一百天的工夫。”

孩子实在不能理会那“一百日”的深密意思，素云只得说：“夜深了，咱们回家去罢。”

素云和孩子回来的时候，父亲已经躺在床上，见他们回来，就说："你们回来了。"她跑到床前回答说："二舍，我们回来了。晚上大哥儿可以和我同睡，我招呼他，好不好？"

父亲说："不必。你还是睡你的罢。你把他安置好，就可以去歇息，这里没有什么事。"

这个七岁的孩子就睡在离父亲不远的一张小床上。外头的鼓乐声，和树梢的月影，把孩子嬲得不能睡觉。在睡眠的时候，父亲本有命令，不许说话；所以孩子只得默听着，不敢发出什么声音。

乐声远了，在近处的杂响中，最激刺孩子的，就是从父亲那里发出来的啜泣声。在孩子的思想里，大人是不会哭的。所以他很诧异地问："爹爹，你怕黑么？大猫要来咬你么？你哭什么？"他说着就要起来，因为他也怕大猫。

父亲阻止他说："爹爹今晚上不舒服，没有别的事。不许起来。"

"咦，爹爹明明哭了！我每哭的时候，爹爹说我的声音像河里水声地响；现在爹爹的声音也和那个一样。呀，爹爹；别哭了。爹爹一哭，教宝璜怎能睡觉呢？"

孩子越说越多，弄得父亲的心绪更乱。他不能用什么话来对付孩子，只说："璜儿，我不是说过，在睡觉时不许说话么？你再说时，爹爹就不疼你了。好好地睡罢。"

孩子只复说一句："爹爹要哭，教人怎样睡得着呢？"以后他就静默了。

这晚上的催眠歌就是父亲的抽噎声。不久，孩子也因着这声就发出微细的鼾息；屋里只有些杂响伴着父亲发出哀音。

无法投递之邮件（节选）

给贞蕤

不能投递之情形——此人已离广州。

自走马营一别，至今未得你的消息。知道你的生活和行脚僧一样，所以没有破旅愁的书信给你念。昨天从天处听见你的近况，且知道你现在住在这里，不由得我不写这几句话给你。

我的朋友，你想北极的冰洋上能够长出花菖蒲，或开得像亚马逊河边的王莲来么？我劝你就回家去罢。放着你清凉而恬淡的生活不享；飘零着找那不知心的知心人，为何自找这等刑罚？纵说是你当时得罪了他，要找着他向他谢罪，可是罪过你已认了，那温润不挠，如玉一般的情好岂能弥补得毫无瑕疵？

我的朋友，我常想着我曾用过一管笔，有一天无意中把笔尖误烧了（因为我要学篆书，听人说烧了尖好写），就不能再用它。但我狠爱那笔，用尽许多法子，也补救不来；就是拿去找笔匠，也不能出什么主意，只是教我再换过一管罢了。我对于那天天接触的小宝贝，虽舍不得扔掉，也不能不把它藏在笔囊里。人情虽不能像这样换法，然而，我们若在不能换之中，姑且当做能换，也就安慰多了。你有心牺牲你的命运，他却无意成就你的愿望，你又何必？我劝你早一点回去罢，看你年少的容貌快要从镜中逃走：在你背后的黑影快要闯入你的身里，把你青春一切活泼的风度赶走，把你光艳的躯壳夺去了。

我再三叮咛你，不知心的知心人，纵然找着了，只是加增懊恼，毫无用处的。

答劳云

不能投递之情形——劳云已投金光明寺，在岭上，不能递。

中夜起来，月还在座，渴鼠蹑上桌子偷我笔洗里的墨水喝，我一下床它就吓跑了。它惊醒我，我吓跑它，也是公道的事情。到窗边坐下，且不点灯，回想去年此夜，我们正在了因的园里共谈，你说我们在万本芭蕉底下直像草根底下斗鸣的小虫。唉，今夜那园里的小虫必还在草根底下叫着，然而我们呢？本要独自出去一走，争奈院里鬼影历乱，又没有侣伴，只得作罢了。睡不着，偏想茶喝。到后房去，见我的小丫头被慵睡锁得很牢固，不好解放她。喝茶的念头，也得作罢了。回到窗边坐下，摩摩窗棂，无意摩着你前月的信，就仗着月灯再念了一遍。可幸你的字比我写得还要粗大，念时，尚不费劲。在这时候，只好给你写这封回信。

劳云，我对了因所说，那得天下荒山，重叠围合，做个大监牢——野兽当逻卒，烟云拟桎梏，古树作栅栏，茑萝为索，——闲散地囚尽你这流动人愁怀的诗犯？不想真要自首去了！去也好，但我只怕你一去到，那里便成为诗境，不是诗牢了。

你问我为什么叫你做诗犯，我自己也不知其所以然。我觉得你的诗虽然很好，可是你心里所有的和手里写出来的总不能适合，不如把笔摔掉，到那只许你心儿领会的诗牢去更妙。遍世间尽是诗境，所以诗人易做。诗人无论遇着什么，总不肯默着，非发出些愁苦的诗不可，真是难解。譬如今夜夜色，若你在时，必要把院里所有的调戏一番，非教他们都哭了，你不甘心。这便是你的过犯。所以我要叫你做诗犯，很盼望你做个诗犯。

一手按着手电灯，一手写字，很容易乏，不写了。今夜起来，本不是为给你写回信，然而在不知不觉中，就误了我半小时，不能和我那个“月”默谈。这又是你的罪过！

院里的虫声直如鬼哭，听得我毛发尽竦。还是埋头枕的，让那只小鼠畅饮一场罢。

复劳生

不能投递之情形——错投。

来书劝我不要为那人至愿遁世为巫，去做那丧心病狂的事。又教我当为众生病，不要一人病。劳生，你的善意，我当受持。我实在告诉你，自霜死后，屡要舍身，但以此心还有牵挂，不能实行。我的病也只在这“牵挂”中，总没摆脱得掉。所谓“为众生病”不过是好听的说话罢了。于此世间，只有为众生而死的；凡病都是为一人而发作的啊！

现在鹊岭将养，医生命我每日常于林荫之下静坐片时，修止观法，参止动禅。在万叶底下的落华生俨如做着内观心性，外观自在的工夫，但这能知的心有时直如顽石，——风来不觉冷，雨去不知晴。能够常如这样也是好的；因为一到这境地，不说是病状，连病根，病芽，病枝叶病因缘也没处找去了。

人到底不是顽石。于落叶，断翎，冷雨，软云，撞入我的襟怀时，那变动不息的心情于是呈现。时一张眼低瞰，见田原上的鹡鸰摇着长尾在那里找它们的食料，悲心一现，自在可观不得了。一时又见斑鸠成对躲在枝深密处，正在比翼交喙，蓦地飞来一只暴鹰把雄的掠去，悲心一现，自在又观不得了。

前日又到林下，坐不到一刻，见一个爱玩的牧女骑着黄牛从崖边的小径来；牛角上挂着许多摘得的山花。悬崖的树上正开着些藤花，她在牛背上一手攀着树枝，一手伸去把花揪过来。那好看的花刚到她的鼻端，蓦然一下枪声，惊滑了牛蹄，悲心一现，止动禅更参不得了。这时不晓得怎样就忘了我是病人，立刻起来，飞跑到崖下。然而这无情的灾难，谁能挽回呢？罢了！罢了！

冷雨如针，穿我肌骨，可是内里的静明温热心还在乾坤坎离中升降浮沉，终不停止。医生的治法，在我算失败了。我还病着，但要叮咛一句；若是真有“为众生病”这一样病，我还不配犯，我只常为他们痛哭而已。

给槿妹

不能投递之情形——受信人地址不明。

烟浓雨乱，正苦秋寒，可巧你所赠的寒衣从柏林寄到，我还没有穿上，已觉得遍体暖和了。槿妹，谢谢你，亏你想到我是一个飘零的人，没有人给我做衣服。更亏你把我的住址打听出来。我们不通音信已经好些年了。

我今天发见了在那绒衫的口袋里有你的一封信。拆开一信，又是失望，又是安慰。失望的是你只说一句话；安慰的是你还用我们做孩子时代的名字称呼我。槿妹，自运甓斋见后，到现在，忽已过了二十年。听说你已有了三四孩子了。前年我在亲戚家里，偶然看见你和槐姊的小照。槐姊老得凶，你却与从前的模样差不了多少，只是短一团实髻盘在脑后。

槿妹，我从亲戚家里知道你近来的生活，使我实在安慰。听说妹夫还是带着旧家公子的脾气，然而对于你却十分敬爱，那就很难得了。你哥哥在上海镇日和酒与女人作伴，若在独居的时候，便要长嘘短叹。我们是同年同学，却想不到他的生活与我的相差得这么远。

我想来想去，想不出用什么东西来报答你的盛意。因为凡我所能买的，你都容易要得着。不如将你幼时赠给我的小戒指返赠给你的女儿罢。从前的事我想你必曾对妹夫说过，所以我敢这样做。我想他也不致于诧异。我们见的机会，不晓得在什么时候，你见了那戒指，就可以帮助你回忆我们幼年时代的情意。

给怜生

偶出郊外，小憩野店，见绿榕叶上糁满了黄尘。树根上坐着一个人，在那里呻吟着。袅说大概又是常见的那叫化子在那里演着动人同情或惹人憎恶的营生法术罢。我喝过一两杯茶，那凄楚的声音也和点心一齐送到我面前，不由得走到树下，想送给那人一些吃的用的。我到他跟前，一看见他的脸，却使我失惊。怜生，你说他是谁？我认得他，你也认得他。他就是汕市那个顶会弹三弦的殷师。你记得他一家七八口就靠着他那十个指头按弹出的声音来养活的。现在他对我说他的一只手已留在那被贼略杀的城市里。他的家也教毒火与恶意毁灭了。他见人只会嚷："手——手——手！"再也唱不出什么好听的歌曲来。他说："求乞也求不出一只能弹的手，白活着是无意味的。"我安慰他说："这是贼人行凶的一个实据，残废也有残废生活的办法，乐观些罢。"他说："假使贼人切掉他一双脚，也比去掉他一个指头强。有完全的手，还可以营谋没惭愧的生活。"我用了许多话来鼓励他。最后对他说："一息尚存，机会未失。独臂擎天，事在人为。把你的遭遇唱出来，没有一只手，更能感动人，使人人的手举起来，为你驱逐丑贼。”他沉吟了许久，才点了头。我随即扶他起来。他的脸黄瘦得可怕，除掉心情的愤怒和哀伤以外，肉体上的饥饿，疲乏，和感冒，都聚在他身上。

我们同坐着小车，轮转得虽然不快，尘土却随着车后卷起一阵阵的黑旋风。头上一架银色飞机掠过去。殷师对于飞机已养成一种自然的反射作用，一听见声音就蜷伏着。袅说那是自己的，他才安心。回到城里，看见报上说，方才那机是专载烤火鸡到首都去给夫人小姐们送新年礼的。好贵重的礼物！它们是越过满布残肢死体的战场，败瓦颓垣的村镇，才能安然地放置在粉香脂腻的贵女和她们的客人面前。希望那些烤红的火鸡，会将所经历的光景告诉她们。希望它们说：我们的人民，也一样地给贼人烤着吃咧！

答寒光

你说你佩服近来流行的口号：革命是不择手段的。我可不敢赞同。革命是为民族谋现在与将来的福利的伟大事业，不像泼一盆脏水那么简单。我们要顾到民族生存的根本条件，除掉经济生活以外，还要顾到文化生活。纵然你说在革命的过程中文化生活是不重要的，因为革命便是要为民族制造一个新而前进的文化，你也得做得合理一点，经济一点。

革命本来就是达到革新目的的手段。要达到目的地，本来没限定一条路给我们走。但是有些是崎岖路，有些是平坦途，有些是捷径，有些是远道。你在这些路程上，当要有所选择。如你不择道路，你就是一个最笨的革命家。因为你为选择了那条崎岖又复辽远的道路，你岂不是白糟蹋了许多精力，时间，与物力？领导革命从事革命的人，应当择定手段。他要执持信义，廉耻，振奋，公正等等精神的武器，踏在共利互益的道路上，才能有光明的前途。要知道不问手段去革命，只那手段有时便可成为前途最大的障碍。何况反革命者也可以不问手段地摧残你的工作？所以革命要择优越的，坚强的，与合理的手段；不择手段的革命是作乱，不是造福。你赞同我的意思罢！写到此处，忽觉冷气袭人，于是急闭窗户，移座近火，也算卫生上所择的手段罢，一笑。

来信说她面貌丑陋，不敢登场。我已回信给她说，戏台上的人物不得都美，也许都比她丑。只要下场时留得本来面目，上场显得自己性格，涂朱画墨，有何妨碍？

给华妙

瑰容她的儿子加入某种秘密工作。孩子也干得很有劲。他看不起那些不与他一同工作的人们，说他们是活着等死。

不到几个月，秘密机关被日人发现，因而打死了几个小同志。他幸而没被逮去，可是工作是不能再进行了，不得已逃到别处去。他已不再干那事，论理就该好好地求些有用的知识，可是他野惯了，一点也感觉不到知识的需要。他不理会他们的秘密的失败是由组织与联络不严密和缺乏知识，他常常举出他的母亲为例，说受了教育只会教人越发颓废，越发不振作，你说可怜不可怜！

瑰呢？整天要钱。不要钱，就是跳舞；不跳舞，就是……，总而言之，据她的行为看来，也真不像是鼓励儿子去做救国工作的母亲。她的动机是什么，可很难捉摸。不过我知道她的儿子当对她的行为表示不满意。她也不喜欢他在家里，尤其是有客人来找她的时候。

前天我去找她，客厅里已有几个欧洲朋友在畅谈着。这样的盛会，在她家里是天天有的。她在群客当中，打扮得像那样的女人。在谈笑间，常理会她那抽烟、耸肩、瞟眼的姿态，没一样不是表现她的可鄙。她偶然离开屋里，我就听见一位外宾低声对着他的同伴说："她很美，并且充满了性的引诱。"另一位说："她对外宾老是这样的美利坚化。……受欧美教育的中国妇女，多是擅于表欧美的情的，甚至身居重要地位的贵妇也是如此。"我是装着看杂志，没听见他们的对话，但心里已为中国文化掉了许多泪。华妙，我不是反对女子受西洋教育。我反对一切受西洋教育的男女忘记了自己是什么样人，自己有什么文化。大人先生们整天在讲什么“勤俭”“朴素”“新生活”“旧道德”，但是节节失败在自己的家庭里头，一想起来，除掉血，还有什么可呕的？

上景山

无论那一季，登景山，最合宜的时间是在清早或下午三点以后。晴天，眼界可以望到天涯的朦胧处；雨天，可以赏雨脚的长度和电光的迅射；雪天，可以令人咀嚼着无色界的滋味。

在万春亭上坐着，定神看北上门后的马路（从前路在门前，如今路在门后），尽是行人和车马，路边的梓树都已掉了叶子。不错，已经立冬了，今年天气可有点怪，到现在还没冻冰。多谢芰荷的业主把残茎都去掉，教我们能看见紫禁城外护城河的水光还在闪烁着。

神武门上是关闭得严严地。最讨厌是楼前那枝很长的旗竿，侮辱了全个建筑的庄严。门楼两旁树它一对，不成吗？禁城上时时有人在走着，恐怕都是外国的旅人。

皇宫一所一所排列着非常整齐。怎么一个那么不讲纪律的民族，会建筑这么严整的宫庭？我对着一片黄瓦这样想着。不，说不讲纪律未免有点过火，我们可以说这民族是把旧的纪律忘掉，正在找一个新的咧。新的找不着，终久还要回来的。北京房子，皇宫也算在里头，主要的建筑都是向南的，谁也没有这样强迫过建筑者，说非这样修不可。但纪律因为利益所在，在不言中被遵守了。夏天受着解愠的薰风，冬天接着可爱的暖日，只要守着盖房子的法则，这利益是不用争而自来的。所以我们要问在我们的政治社会里有这样的薰风和暖日吗？

最初在崖壁上写大字铭功的是强盗的老师，我眼睛看着神武门上的几个大字，心里想着李斯。皇帝也是强盗的一种，是个白痴强盗。他抢了天下把自己监禁在宫中，把一切实物聚在身边，以为他是富有天下。这样一代过一代，到头来还是被他的糊涂奴仆，或贪婪臣宰，讨，瞒，偷，换，到连性命也不定保得住。这岂不是个白痴强盗？在白痴强盗底下才会产出大盗和小偷来。一个小偷，多少总要有一点跳女墙蹿狗洞的本领，有他的禁忌，有他的信仰和道德。大盗只会利用他的奴性去请托攀缘，自赞赞他，禁忌固然没有，道德更不必提。谁也不能不承认盗贼是寄生人类的一种，但最可杀的是那班为大盗之一的斯文贼。他们不像小偷为延命去营鼠雀的生活；也不像一般的大盗，凭着自己的勇敢去抢天下。所以明火打劫的强盗最恨的是斯文贼。这里我又联想到张献忠。有一次他开科取士，檄诸州举贡生员，后至者妻女充院，本犯剥皮，有司教官斩，连坐十家。诸生到时，他要他们在一丈见方的大黄旗上写个帅字，字画要像斗底粗大，还要一笔写成。一个生员王志道缚草为笔，用大缸贮墨汁将草笔泡在缸里，三天，再取出来写。果然一笔写成了。他以为可以讨献忠的喜欢，谁知献忠说："他日图我必定是你。"立即把他杀来祭旗。献忠对待念书人是多么痛快。他们知道他们是寄生的寄生。他的使命是来杀他们。

东城西城的天空中，时见一群一群旋飞的鸽子。除去打麻雀，逛窑子，上酒楼以外，这也是一种古典的娱乐。这种娱乐也来得群众化一点。它能在空中发出和悦的响声，翩翩地飞绕着，教人觉得在一个灰白色的冷天，满天乱飞乱叫的老鸹的讨厌。然而在刮大风的时候，若是你有勇气上景山的最高处，看看天安门楼屋脊上的鸦群，噪叫的声音是听不见，它们随风飞扬，直像从什么大树飘下来的败叶，凌乱得有意思。

万春亭周围被挖得东一沟，西一窟。据说是管宫的当局挖来试看煤山是不是个大煤堆，像历来的传说所传的，我心里暗笑信这说的人们。是不是因为北宋亡国的时候，都人在城被围时，拆毁艮狱的建筑木材去充柴火，所以计画建筑北京的人预先堆起一大堆煤，万一都城被围底时，人民可以不拆宫殿。这是笨想头。若是我来计画，最好来一个米山。米在万急的时候，也可以生吃，煤可无论如何吃不得。又有人说景山是太行的最终一峰。这也是瞎说。从西山往东几十里平原，可怎么不偏不颇，在北京城当中出了一座景山？若说北京的建设就是对着景山的子午，为什么不对北海的琼岛？我想景山明是开紫禁城外的护城河所积的土，琼岛也是垒积从北海挖出来的土而成的。

从亭后的栝树缝里远远看见鼓楼。地安门前后的大街，人马默默地走，城市的喧嚣声，一点也听不见。鼓楼是不让正阳门那样雄壮地挺着。它的名字，改了又改，一会是明耻楼，一会又是齐政楼，现在大概又是明耻楼吧。明耻不难，雪耻得努力。只怕市民能明白那耻的还不多，想来是多么可怜。记得前几年“三民主义”“帝国主义”这套名词随着北伐军到北平的时候，市民看些篆字标语，好像都明白各人蒙着无上的耻辱，而这耻辱是由于帝国主义的压迫。所以大家也随声附和，唱着打倒和推翻。

从山上下来，崇祯殉国的地方依然是那棵半死的槐树。据说树上原有一条练子锁着，庚子联军人京以后就不见了。现在那枯槁的部分，还有一个大洞，当时的练痕还隐约可以看见。义和团运动的结果，从解放这棵树，发展到解放这民族。这是一件多么可以发人深思的对象呢？山后的柏树发出幽恬的香气，好像是对于这地方的永远供物。

寿皇殿锁闭得严严地，因为谁也不愿意努尔哈赤的种类再做白痴的梦。每年的祭祀不举行了，庄严的神乐再也不能听见，只有从乡间进城来唱秧歌的孩子们，在墙外打的锣鼓，有时还可以送到殿前。

到景山门，回头仰望顶上方才所坐的地方，人都下来了。树上几只很面熟却不认得的鸟在叫着。亭里残破的古佛还坐在结那没人能懂的手印。

忆卢沟桥

记得离北平以前，最后到卢沟桥，是在二十二年的春天。我与同事刘兆蕙先生在一个清早由广安门顺着大道步行，经过大井村，已是十点多钟。参拜了义井庵的千手观音，就在大悲阁外少憩。那菩萨像有三丈多高，是金铜铸成的，体相还好，不过屋宇倾颓，香烟零落，也许是因为求愿的人们发生了求财赔本求子丧妻的事情罢。这次的出游本是为访求另一尊铜佛而来的。我听见从宛平城的人告诉我那城附近有所古庙塌了，其中许多金铜佛像，年代都是很古的。为知识上的兴趣，不得不去采访一下。大井村的千手观音是有著录的，所以也顺便去看看。

出大井村，在官道上，巍然立着一座牌坊，是乾隆四十年建的。坊东面额书“经环同轨”，西面是“荡平归极”。建坊的原意不得而知，将来能够用来做凯旋门那就最合宜不过了。

春天的燕郊，若没有大风，就很可以使人流连。树干上或土墙边蜗牛在画着银色的涎路。它们慢慢移动，像不知道它们的小介壳以外还有什么宇宙似的。柳塘边的雏鸭披着淡黄色的毛，映着嫩绿的新叶；游泳时，微波随蹼翻起，泛成一弯一弯动着的曲纹，这都是生趣的示现。走乏了，且在路边的墓园少住一回。刘先生站在一座很美丽的窣堵波上，要我给他拍照。在榆树荫覆之下，我们没感到路上太阳的皓烈。寂静的墓园里，虽没有什么名花，野卉倒也长得顶得意的。忙碌的蜜蜂，两只小腿黏着些少花粉，还在采集着，蚂蚁为争一条烂残的蚱蜢腿，在枯藤的根本上争斗着。落网的小蝶，一片翅膀已失掉效用，还在挣扎着。这也是生趣的示现，不过意味有点不同罢了。

闲谈着，已见日丽中天，前面宛平城也在城之内了。宛平城在卢沟桥北，建于明崇祯十年，名叫“拱北城”，周围不及二里只有两个城门，北门是顺治门，南门是永昌门。清改拱北为拱极，永昌门为威严门。南门外便是卢沟桥。拱北城本来不是县城，前几年因为北平改市，县衙才移到那里去，所以规模极其简陋。从前它是个卫城，有武官常驻镇守着，一直到现在，还是一个很重要的军事地点。我们随着骆驼队进了顺治门，在前面不远，便见了永昌门。大街一条，两边多是荒地。我们到预定的地点去探访，果见一个庞大的铜佛头和些铜像残体横陈在县立学校里的地上。拱北城内原有观音庵与兴隆寺，兴隆寺内还有许多已无可考的广慈寺的遗物，那些铜像究竟是属于那寺的也无从知道。我们摩挲了一回，才到卢沟桥头的一家饭店午膳。

自从宛平县署移到拱北城，卢沟桥便成为县城的繁要街市。桥北的商店民居很多，还保存着从前中原数省入京孔道的规模。桥上的碑亭虽然朽坏，还矗立着。自从历年的内战，卢沟桥更成为戎马往来的要冲。加上长辛店战役的印象，使附近的居民都知道近代战争的大概情形，连小孩也知道飞机，大炮，机关枪，都是做什么用的。到处墙上虽然有标语贴着的痕迹，而在色与量上可不能与卖药的广告相比。推开窗户，看着永定河的浊水穿过疏林，向东南流去。想起陈高的诗："卢沟桥西车马多，山头白日照清波。毡卢亦有江南妇，愁听金人出塞歌。"清波不见，浑水成潮，是记述与事实的相差，抑昔日与今时的不同，就不得而知了。但想象当日桥下雅集亭的风景，以及金人所掳江南妇女，经过此地的情形，感慨便不能不触发了。

从卢沟桥上经过的可悲可恨可歌可泣的事迹，岂止被金人所掠的江南妇女那一件？可惜桥槛上蹲着的石狮子个个只会张牙裂眦结舌无言，以致许多可以稍留印迹的史实，若不随蹄尘飞散，也教轮辐压碎了。我又想着天下最有功德的是桥梁。它把天然的阻隔连络起来，它从这岸度引人们到那岸。在桥上走过的是好是歹，于它本来无关，何况在上面走的不过是长途中的一小段，它那能知道何者是可悲可恨可泣呢？它不必记历史，反而是历史记着它。卢沟桥本名广利桥，是金大定二十七年始建，至明昌二年（公元一一八九至一一九二）修成的。它拥有世界的声名是因为曾入马哥博罗的记述。马哥博罗记作“普利桑乾”，而欧洲人都称它做“马哥博罗桥”，倒失掉记者赞叹桑乾河上一道大桥的原意了。中国人是擅于修造石桥的，在建筑上只有桥与塔可以保留得较为长久。中国的大石桥每能使人叹为鬼役神工，卢沟桥的伟大与那有名的泉州洛阳桥和漳州虎渡桥有点不同。论工程，它没有这两道桥的宏伟，然而在史迹上，它是多次系着民族安危。纵使你把桥拆掉，卢沟桥的神影是永不会被中国人忘记的。这个在七七事件发生以后，更使人觉得是如此。当时我只想着日军许会从古北口入北平，由北平越过这道名桥侵入中原，决想不到火头就会在我那时所站的地方发出来。

在饭店里，随便吃些烧饼，就出来，在桥上张望。铁路桥在远处平行地架着。驮煤的骆驼队随着铃铛的音节整齐地在桥上迈步。小商人与农民在雕栏下作交易上很有礼貌的计较。妇女们在桥下浣衣，乐融融地交谈。人们虽不理会国势的严重，可是从军队里宣传员口里也知道强敌已在门口。我们本不为做间谍去的，因为在桥上向路人多问了些话，便教警官注意起来。我们也自好笑。我是为当事官吏的注意而高兴，觉得他们时刻在提防着，警备着，过了桥，便望见实柘山，苍翠的山色，指示着日斜多了几度。在砾原上流连片时，暂觉晚风拂衣，若不回转，就得住店了，“卢沟晓月”是有名的。为领略这美景，到店里住一宿，本来也值得，不过我对于晓风残月一类的景物素来不大喜爱。我爱月在黑夜里所显的光明。晓月只有垂死的光，想来是很凄凉的。还是回家罢。

我们不从原路去，就在拱北城外分道。刘先生沿着旧河床，向北回海甸去。我捡了几块石头，向着八里庄那条路走。进到阜成门，望见北海的白塔已经成为一个剪影贴在洒银的暗蓝纸上。

危巢坠简

给少华

近来青年人新兴了一种崇拜英雄的习气，表现的方法是跋涉千百里去向他们献剑献旗。我觉得这种举动不但是孩子气，而且是毫无意义。我们的领袖镇日在戎马倥偬，羽檄纷沓里过生活，论理就不应当为献给他们一把废铁镀银的中看不中用的剑，或一面铜线盘字的幡不像幡、旗不像旗的东西，来耽误他们宝贵的时间。一个青年国民固然要崇敬他的领袖，但也不必当他们是菩萨，非去朝山进香不可。表示他的诚敬的不是剑，也不是旗，乃是把他全副身心献给国家。要达到这个目的，必要先知道怎样崇敬自己。不会崇敬自己的，决不能真心崇拜他人。崇敬自己不是骄慢的表现，乃是觉得自己也有成为一个有为有用的人物的可能与希望，时时刻刻地，兢兢业业地鼓励自己，使他不会丢失掉这可能与希望。

在这里，有个青年团体最近又举代表去献剑，可是一到越南，交通已经断绝了。剑当然还存在他们的行囊里，而大众所捐的路费，据说已在异国的舞娘身上花完了。这样的青年，你说配去献什么？害中国的，就是这类不知自爱的人们哪。可怜，可怜！

给樾人

每日都听见你在说某某是民族英雄，某某也有资格做民族英雄，好像这是一个官衔，凡曾与外人打过一两场仗，或有过一二分功劳的都有资格受这个徽号。我想你对于“民族英雄”的观念是错误的。曾被人一度称为民族英雄的某某，现在在此地拥着做“英雄”的时期所榨取于民众和兵士的钱财，做了资本家，开了一间工厂，驱使着许多为他的享乐而流汗的工奴。曾自诩为民族英雄的某某，在此地吸鸦片，赌输盘，玩舞戈，和做种种堕落的勾当。此外，在你所推许的人物中间，还有许多是平时趾高气扬临事一筹莫展的“民族英雄”。所以说，苍蝇也具有蜜蜂的模样，不仔细分辨不成。

魏冰叔先生说：“以天地生民为心，而济以刚明通达沉深之才，方算得第一流人物。”凡是够得上做英雄的，必是第一流人物，试问亘古以来这第一流人物究竟有多少？我以为近几百年来差可配得被称为民族英雄的，只有郑成功一个人。他于刚明通达四德具备，只惜沉深之才差一点。他的早死，或者是这个原因。其他人物最多只够得上被称为“烈士”，“伟人”，“名人”罢了。文子《微明篇》所列的二十五等人中，连上上等的神人还够不上做民族英雄，何况其余的？我希望你先把做成英雄的条件认识明白，然后分析民族对他的需要和他对于民族所成就的勋绩，才将这“民族英雄”的徽号赠给他。

复成仁

来信说在变乱的世界里，人是会变畜生的。这话我可以给你一个事实的证明。小汕在乡下种地的那个哥哥，在三个月前已经变了马啦。你听见这新闻也许会骂我荒唐，以为在科学昌明的时代还有这样的怪事。但我请你忍耐看下去就明

图书在版编目（CIP）数据

落花生 / 许地山著. -- 杭州 ：浙江教育出版社，2023.12

（语文教材选篇作家作品深度阅读系列 / 张明舟主编. 许地山抒情散文）

ISBN 978-7-5722-6877-9

Ⅰ. ①落… Ⅱ. ①许… Ⅲ. ①散文集—中国—现代 Ⅳ. ①I266

中国国家版本馆CIP数据核字(2023)第224153号

责任编辑	陈德元	责任校对	鲁　庚
美术编辑	曾国兴	责任印务	曹雨辰
封面插画	由山山	内文插画	由山山
封面设计	乐读文化		

语文教材选篇作家作品深度阅读系列

许地山抒情散文　落花生

XUDISHAN SHUQING SANWEN　LUO HUASHENG

张明舟　主编　许地山　著

出版发行	浙江教育出版社 （杭州市天目山路40号　电话：0571-85170300-80928）
激光照排	杭州兴邦电子印务有限公司
印　　刷	浙江新华印刷技术有限公司
开　　本	890mm×1240mm　1/32
印　　张	4.5
字　　数	90 000
版　　次	2023年12月第1版
印　　次	2023年12月第1次印刷
标准书号	ISBN　978-7-5722-6877-9
定　　价	28.00元